Tristan

Michael Stoll

Tristan

Im Verstehen einer Liebe

Michael Stoll

mit Photos vom Lebenskloster in Worndorf von Wolfgang Schmidt

© 2024 Michael Stoll

Verlagslabel: **MERGATVERLAG**

SusoHaus, SusoGasse 10, 88662 Überlingen,
e-mail: michaelstoll@derwortraum.de

Photos: Wolfgang Schmidt / Motive: www,lebenskloster.de

ISBN Softcover: 978-3-384-14316-7
ISBN Hardcover: 978-3-384-14317-4
ISBN E-Book: 978-3-384-14318-1

Druck und Distribution im Auftrag des Autors:
tredition GmbH, Halenreie 40-44, 22359 Hamburg, Germany

Inhalt:

Prolog

Und irgendwann ist es soweit. Der Muschelsammler war erschöpft. Vor Jahr und Tag, ja es waren Kindertage und Kinderjahre, da hatte er an einem großen Strand, weiß und scharf am tiefblauen Meer, eine Muschel gefunden und mitgenommen. Und nach Jahren der Vorsorge, des Erwerbs und der Kümmernisse tat er ab, was er bislang getan hatte, kramte seine Kindermuschel hervor und befahl sich, das Ebenbild dieser Muschel noch einmal zu finden. Wie irr verkaufte er all-sein-Haben und die Güter und ging los, entlang der Strände der Welt; er ging und ging und irrte und irrte, von Nacht zu Tag und Tag zu Nacht, nebelwärts und sonnebrennend ging er weiter und weiter... Nun war er erschöpft, setzte sich an einem felszerklüfteten Strandabschnitt nieder und die vom fragend-suchenden Halten und Reiben abgeschabte und blank gewordene Muschel entglitt seinen müden Händen und verschwand gottlob auf Nimmerwieder.

I.

Du mir Geschenk, — die Seele ihren Raum wieder eröff-
net und wieder und neu sich in-all-meiner-Welt zu ver-
orten vermag.

II.

Ende April sind die Weiden grün. Es ist noch kühl. Die Vögel beginnen des Morgens heftig mit ihrem Gesang. Mein Blick ersehnt Raum. Mein Blick erahnt Weite. Meine Worte suchen erneut dem Geschmack und tiefem Durst Entsprechung zu geben.

III.

Wenn Du das Wort H a n d schreibst, mit ihr über den Tisch streichst, dort sitzt und still bist, Was für eine Hand ist es, die sich ballt und zur Faust erhebt? Und die Hand auf deiner Schulter, die sacht auf dieser ruht und bei Dir ist?

Hände über Hände, Wirken über Wirken ... wird aus der Hand eine WirkSpur , ein Hauch, ein Strom, der aus Unendlichem ins Unendliche fließt, da-zwischen zum Tanz, zur Einung, zur Vereinigung findet? Bergende, verschlungene, liebende Hände.

IV.

Aufbau der Welt-Bezüge ohne Verhaftung. Fließendes Strömen ohne Verlust. Auftritt ohne Zerstörung. Erneutes Land — öffnen! Ganz nah am fühlenden Atem — welch` Schönheit der Körper, und ihr tieferer Grund! All entsteht — Feier heilenden Vergehens im Band der Bewusstheit. Mit wechselnder Entfernung und Nähe — Herz erwacht zur Haltung, vibrierenden Wartens.
Ja-bereit für den Augenblick — dein Aufstehen.

V.

Morgens früh aufstehen,
den anbrechenden Tag erwarten.

In der Kühle des Morgens da-sein
ohne Umschweife in Gegenwart eintauchen.

Keine Zeit der Differenz mehr.

VI.

Frühjahr.

Kaffee und Rauch und Stift und Schwirren auffliegenden Vogels.

Langsam das Motorrad die Straße den Hügel hinauf.

Vögel, — Vogelstimmen.

Ruhig.

VII.

Zur Ruhe kommen.

Den Blick öffnen.

Herein-lassen das Geschehen.

VIII.

Die Beziehung zu den Dingen — das Gehen,
Stehen, Bewegen, Aufheben und Gestalten.

Leben in und mit formschaffender Kraft.

IX.

Mit deiner

Stern-Gestalt

gewinnst Vollendung.

X.

Mit dem Auftritt des Dirigenten
wird dein Handlungsorchester bereit.

Teil-Sein gewinnt —
geklärten Raum.

Öffnet Fülle.

XI.

Quellströmen
     unerschöpflich
         und immer strömend
             und heilsam
                ist.

XII.

Wind — teilhaftig im Maß meines Atems

ganz Atem zu werden

ganz in-einem-Atem

zu sein.

XIII.

Wie vollzieht sich der Wandel
hin zur Festigung
meiner Seele — Geist?

Indem wir tanzen - nur tanzen
ohn' Einschränkung
all-der-Körper.

XIV.

Die eingefaltet

geklärten In-Räume

bewegen sich.

Langsam, gemäß uralten Gesetz

findet der Falter

den eigen gegebenen Tanz

ins Licht.

XV.

Fügungen, die sich zeigen und über die wir uns verständigen, eröffnen sich fließender, bewegter und weniger stark verdinglicht.

So sind wir gelöster, bewegter und offener für Mögliches.

Die Vereinbarung gemeinsamer Handlung steht vor Allem.

All verbindende Kraft erfüllt den Raum, aus der heraus wir Zeugnis geben. Aus diesem Grund lassen wir stets dem sich ergebenden Augenblick sein Recht und handeln und sind offen, gemäß gegenwärtiger Stunde.

Da verstellende Strukturen uns nun weniger zu verbauen vermögen, können wir zusehends darüber staunen, wie sich die Welt jetzt und immer wieder neu sich zeigt.

Staunen, offen-sein, die Hingabe am eigenen Leib erfahren, so-wie das atmende Leben unserer geöffneten Seelen stetig mehr zum tragenden, zum allein sinnvollen Moment sich erhebt!

XVI.

Wir bewegen uns im reinen Verstehen. Alles dringt nach Außen und durchströmt —. Aber nichts wird verstanden, alles wird erhoben. *In der Gottheit wildem Spiel* geschieht das Letztere und das Erstere. Zurückkehren können wir nicht mehr. Wir sind da. Der Durst und das Warten auf die reinste aller Bewegung haben sich eingelöst. Wir können schweigen oder auch nicht. Wir haben begonnen und sind schon vollendet. Allein der strahlende, und zugleich in-sich-gewendete Blick lässt erkennen, dass Wir sind. Ja, wir sind angekommen; haben die letzteren Meter zum Gipfel scheu und zögernd und verhalten und besorgt vollzogen. Wir zittern. Und darin verbirgt sich das hellste Licht und das Mitleiden um die schwerste Verfehlung. Lachen und Weinen, Tat und Tatlosigkeit, Singen und Schreien, Raum und Raumlosigkeit — ein Summen, welches antönt und durchwegs fällt; — immer fällt und erhebt. Unser Ton ist Neuanfang, Neubeginn — gibt erneuerten Grund.

XVII.

Innerste Durchdringung und Seinsweise im Abso-
luten. D-ort, wo unendliche Bewegtheit mit un-
endlicher Ruhe — Einheit ist. D-ort, wo Weltent-
sendung zum entblößt spielerischen Reflex ge-
worden ist. Ja - da ein jegliche Tätigkeit von Hoheit durchdrungen, diese reines Liebespiel ist.

Rückte ich nur leicht von solcher Orientierung,
von eben diesem Hort an Bestimmtheit ab — und
einjeglich' abgeleiteter Geruch, Form, Farbe zum
Vordergründigen wird — da leide ich mit einer
Wucht, die einen furchtbaren Fall deutet.

Je klarer die Ordnung, der Bau, die Strukturen des
Weltverhaltens — der Körper als Tempel — , und
es werden die gegebenen In-Räume, das Haupt
und seine Glieder - zur Regelgestalt eines zutiefst
bewegten Befriedens.

Es ist alles vorhanden, — und über Allem der
rhythmische Atem, der in seiner Gegebenheit auf
die große, die lassende Ein-Ordnung verweist.

XVIII.

Nur Ja - immer Ja - und die Schatten des Lichtes belassen, bei sich.

Über die Schwelle, aus der Geworfenheit in die stille Wahl — jenseits der Verwaltetheit den Wind, den Atem, den großen Sog spüren; und weiter, sein, ohne zurückzublicken.

Mit der Fülle des Alles-ist-da weiter —.

Du bist in mir.

XIX.

Da die Führung mit uns so groß ist - gilt kein Un-
gefähr. Wie gestalten wir uns? Wohin gehen wir?
Was sind wir uns? Nur mit einer Antwort der Tiefe erfolgt unsere Befriedung. Ich will nichts aus-
schließen - nichts einschließen; dies bedeutet,
dem Maß bewegter Ordnung entsprechen zu
können.

XX.

Nehmen wir die Vergewisserung unserer innersten Verwandtschaft zur Prüfung in die Welt der Verdichtung. Tauschen wir über die kommende Zeit unser oasiatisches Sein ins alltägliche Leben, um Gleichnis entstehen zu lassen. Wir freuen uns auf die schweißigen Ränder unserer Strohhüte bei der Feldarbeit, und das Glück unserer leichten, wechselnden Blicke. So gilt es den DOM unserer Herzen zum All-DOM zu öffnen, und ganz darinnen als goldenes Beiwerk unser Kinder-Spiel sein zu lassen — diese Kinderherzen zur Vorbotenschaft sich offenbarender Welt reinen Kern-Seins.

Liebste - mit unserer Liebe sollen alle Lieben ihren Raum und ihre Zeit und ihre Ordnung gewinnen. Das ist unser Ziel und Offenheit.

Meine Liebe - gehen wir, jetzt und hier und auf der Erde!

XXI.

Es ist so einfach. Bei Dir darf ich Kind sein, weil keine Überreife alleine und abgespalten verbleibt. Mit unserer höchsten Anlage, unserer wirklichen Hoheit tragen wir das Dach, das unser ganzes Sein überspannt. Und gerade deshalb meine Liebe bist Du mir Kind, Über-alles-Geliebte, Frau, Kameradin, Freundin, Meisterin und Schülerin. Und so Ich Dir. Zeige ich mich vor anderen Menschen, so gründet sich mit uns eine Sicherheit, die über unsere Ei-nung zur wirkmächtigen Strahlung führt. Und dies in Milde.

XXII.

Ich halte es aus — Dir offen, Dir und Allem offen,
geöffnet, aller Himmel, aller Welt — durchwirkend
lebend und offen.

XXIII.

Meine Liebe — die Öffnung für dich ist so groß, dass ein plasmatisches Geschehen am Horizont erscheint, vollkommener und wirkender Du-Raum, ganz-der-Schöpfung in und uns übergeben ist und die Sinnenwelt da-draußen reguliert; mich unangreifbar, unendlich frei sein lässt. Dort ruhe ich in vollkommener Lebendigkeit. Du — meine Liebe — in deinem Schoß, in deinem Himmel.

XXIV.

Und immer wieder wie an diesem Morgen, bei diesem Sonnenaufgang: Da-stehen, die Arme ausbreiten, und still stehen und warten und spüren und lauschen. Hier fühle ich deine Liebe an der Grenze zur Auflösung — wie eine zarte Membran, die für mein Mensch-Sein vollkommenes Geschenk ist, — wie eine Hülle der Frucht den letzten Raum für mein Sein, unser Sein hier auf der Erde zeigt und ist.

XXV.

Wie vorsichtig und doch bestimmt unsere Schrittfolge, die nunmehr mäandrierend nicht mehr gerade ist, sondern sich rhythmisch einschwingt auf die gegenwärtig gegebene Liniengefasstheit. Und dabei bleiben wir immer wieder, weiter um weiter ...

XXVI.

In unserer abgrenzenden Vereinzeltheit, da erfahren wir Nichtigkeit. Indem wir uns jedoch aus
der Gestimmtheit eigenweltlichen Laufs öffnen,
mit-all-den-Himmeln, verlassen wir die Gefahr
abgründigen Falls — sind geborgen in der Gän-
ze.
Mit unserer Hoch-Zeit, Verbindung und Erfah-
rung transzendierender Kräfte hin zum großen
Strömen — ist das Letztere, das Sakrament ge-
geben.

XXVII.

Das Herz, welches Alles was ist einbindet und in ein Verhältnis trägt, gerade so, als würde der morgendliche Gesang des Vogels meiner Geltung reich sein und ich sänge beglückt zurück.
So ist es an diesem Abend still in mir. Die abendliche Sonne erhellt die Sattheit und die Erschöpfung des Grün. Und es ist ruhig hier am geöffneten Fenster. Der Atem meint es gerade gut mit uns.

XXVIII.

Jeder Atem, jede Geste, jeder Schmerz. Alles wird mir zum Zeichen erweiterter Bedeutung. Wenn wir sehen und fühlen und schmecken! Was für eine Entdeckung um Entdeckung, die nie aufhört in der Weite unendlichen Vermögens, — uns im annähernden Gleichklang verstehen zu lernen. Ein Verstehen, das Frucht bringt und trägt — hin-zu-Einem-fort.

XXIX.

Und das Gebilde meines Weltverhältnisses am Zielort meiner Sehnsuche ist das Geschenk absoluter Nichtung in Schönheit. Alle Inflation der Angst, alle Bedrückung der Dunkelheit, einjede geist-seelische Regung, die in Quadraturen unser Sein verengt — all dies ist vom angemaßten Thron gestoßen. Das weitere, das freie Land, welches da ist, beginnt mit seinem Einfluss und neu regelnder Kraft.

XXX.

Als wir am großen Tisch und gemeinsam früh-
stückten und mit den uns umgebenden Menschen, und wir tief im Miteinander, wir mit uns im
Gespräch waren; da war zum Einen unsere absolu-
te Vereinzeltheit, — jeder schien für sich, ohne
Taue der Emotion, vollkommen in der Alleinheit,
— und dann doch die heiter zu korrigierenden
Spuren eines tiefen Zugegen! Sieh` , wir sind uns
über allen Himmeln, wir sind uns im Du. Welch ein
Glück!

XXXI.

Wenn sich unsere Körper sachte aufeinanderzube-
wegen, ein leiser Schauer uns ergreift — wir inne-
halten, atmen, staunen, den Raum sich eröffnen sehen, und dann wieder das Ausbreiten der Welle
über unsere Grenzen hinaus erleben, erfahren dür-
fen.

XXXII.

Wir eröffnen in unserem endlosen Gespräch den
Weg hin zu dem einen Wort, dem Wort, welches
miteinschwingend all-Bedeutung in Fülle trägt,
uns seliges Schweigen bringt, Du meine-über-
Alles-hin-zu-Allem-Geliebte — Seele!

Dieser Weg verläuft über
        die Du-Gestalt-all-der-Körper;
                und das Herz regiert
                        und lenkt und führt.

XXXIII.

Das einfache Lied, was in sich den Zug zur Erfül-
lung, hin zur Erfülltheit trägt. Meine Liebe — sind
wir versammelt benötigen wir keine Gipfelstürme
mehr, sondern können auf der uns gemäßen Ebene des Herzens Feldarbeit tun.
Und der Geschmack der Früchte trägt offenen
Himmel, der jede Türmerei überspannt.

XXIV.

Meine Liebe - ich scheine mich entfernt zu haben
von dem kräftigen Blick auf dich, dem Abwenden
von all-dem, was nicht deine Welt ist, meine Welt
ist. Doch nein - , die Fülle ist jetzt überall. Die freie
Wendbarkeit gewinnt Gestalt. Die Überraschung,
die da – ist immer und immer und dort und da!
Wie kommen wir zusammen? Auf der Heimfahrt
mäandrierend durch all-die-Welten.

XXXV.

Aus meiner Erfülltheit ergibt sich Ruhe, ergibt sich
Freude, ergibt sich Gesang für Dich, allein für Dich!
So hörte ich heute Morgen die Vögel, und dazu
die hellstrahlende Sonne... !
Doch schon bald zogen Wolken auf und die Welt
da-draußen wurde zuwider zum Dickicht. Ich wurde verflochten in „Er ist schuldig!" und „Ergreift
ihn!" ... und dann zog ich mich wieder zurück auf
die Spur meiner Schriftfolge für Dich, hoffte auf
das Offene, das Geborgene, das Geeinte mit dem
leisen Wind am Ufer des Flusses.

XXXVI.

Meine Liebe — in all deiner Wut, in all deiner Strenge, in all deiner Verletztheit — da hör` ich den Ton meiner Innigkeit mit Dir, da fühle ich dich in tiefsten Gemeint-Sein; da kann die Sonne noch so grell mich anstrahlen, da kann die Trübheit, das nackte Nichts sein — Du bist da. Du bist ES. Die Formen des Weges sind klar — jetzt wartet das Vermögen der Weite. Wir sind inmitten unserer Extreme arm und reich, augenblicklich. Die neue, die konkrete ZEIT ...!

XXXVII.

Wir ziehen unsere glänzenden Kostüme aus. Wir umsorgen uns nicht mit dem veräußerten Wert der Landschaft. Wir öffnen uns der Schönheit, der Nacktheit gegebener Geste. Wir sind im Reichtum. Die Arbeit an den Grenzen zeigt uns der Blattrand und das Zusammenziehen der Spinne am Netzrand. Abends, bei geschmälerten Licht, wenn die Augen größer werden, die Stimmen gedämpfter und die Konturen leise mit dem Umgebenden verschmelzen, dann ist auch hier – im Außen - ES ganz nah - die plasmatische Form, das Bewegte, welches uns und darüber ewig hinaus eint.

Die Landschaft unserer Zugezogenheit, das Dorf unserer Vermittlung, die Aufgabe der Bruchhalden, die ersehnte Heilung und die sparsame Geste - all dies über den Bestand, den innersten - allein.

XXXVIII.

Ist es möglich – so frage ich mich – das Land unserer inneren Zugehörigkeit bis in die Welt der verdinglichten Form zu tragen, so dass Verwandtschaftsräume entstehen, die das Prinzip Schönheit, Einfachheit und Direktheit auszeichnet? Erst hier könnte ich ganz-in-der-Weihe sagen: „Hier ist die Bank, dort ist die Sonne, jetzt ist das Gras grün ..." Solange diese Zeichen nicht wirksam bezeichnen, scheint Windspur Königin, die den Strauchball ohne Hoffnung über karste Ebenen jagt.

Ist diese Kultur der Diskrepanz, der Sehnsuche, ausmachend das Wesen des Menschen — und allein im Schwingen Zwischen sein möglicher Raum?

Stein sein und leise summen — das ist uns das Höchste — ein Anfang ohne Ende.

XXXIX.

Über den Punkt hinaus, wo ein Anfang und ein Ende sich bemisst, über den Punkt hinaus — hin zur
weiten reinen Fläche; dort das Zeichen zum kraft-
verwobenen Symbol erwächst und wirklich ist.

Die Trennlinie öffnet sich osmotisch — ich blicke
aus Klarheit und begehre die Nähe zum Stein, da-
bis er leise summt.

XL.

Die Kühle am Morgen und der nicht begangene Weg. Das Unbeobachtetsein im Dämmerlicht und die Frische des festen Schrittes. Die Menschen lieben, die die ersten Schritte am Morgen mitvollziehen; jeder für sich und doch miteinander im tapferen Bewegen. Wie sinnvoll ist mein Tag an diesem Morgen, in den Tag hinein? Das Zueinander, der Bezug, die Beziehung entscheidet — umfassend.

XLI.

... und wenn wir immer stärker den Bereich unserer Nähe verwirklichen, immer mehr unser gemeinsames Haus Wirklichkeit wird; wenn der Atem verfeinert, der gemeinsame Atem und unser Himmel sich öffnet ...?

Da wird das Weben höherer Welt, die die Tiefe betrifft, da wird der Fortgang eines Außen und eines Innen deutlich — hier ist Leben ohne Ablenkung, und Führung ohne Maßstab der Ferne.

Geliebte – unser Himmel und unsere Freude!

XLII.

Wir sind uns so offen... ein wundersames Lied.

Wir werden es pflegen — meine Liebe...

XLIII.

Durch unser Vereinigen gewinnt der Strom an Fassung. Wunderlich stehe ich in meiner Kraft und Grenze. Merkwürdig, wie das Missverständliche zum Machtschutz meiner Verhandlung wird — nicht weichen, nicht bekämpfen, sein lassen und so verstehen. Da trete ich einen Moment zurück – die Musik, ein fernes Donnergrollen und der gleichmäßige Aufschlag der Regentropfen — all dies im Spiel des Außen.

Und hier bist Du, Herzens-Geliebte, in deiner größten Verletztheit bist Du der Puls und die Heimat, mit der die Götter ihren Abstieg segnen, hin zu dem einen, dem wahren Augenblick .

XLIV.

Und wenn wir immer stärker den Bereich der Nähe verwirklichen, - immer mehr ein gemeinsames Haus Wirklichkeit wird; wenn der Atem verfeinert, der Atem und der Himmel sich öffnet...
Da wird das Weben der höheren Welt, die die Tiefe betrifft; da wird der Fortgang eines Außen und eines Innen zu Einem deutlich, - hier ist das Leben ohne Ablenkung und die Führung ohne Maßstab der Ferne.

Geliebte - unser Himmel und unsere Freude.

XLV.

Die fallenden, vereinzelten Regentropfen in drückender Schwüle des Abends. Ich sitze an der Mauer bei der Türe gelehnt und rieche und lausche und bin nur-so-da. Keine Auswahl mehr, kein Bestimmen — nur in der Öffnung vor der großen Enthüllung. In Klarheit singe ich mein Lied, unverbaut. Das Wesen ist empfangsbereit; die Mittler der Sinne sind im geöffneten Verhältnis.

XLVI.

Bekenntnis der Zugehörigkeit zu Allem - über die vollkommene Stern-Gestalt - unendliche Beziehung, Form im Licht des All-Einen.

XLVII.

Der Gang zu meinem verlassenen Haus. Mit der Kraft der Sorge, die nachgelassen hat — trat das Wandelbare auf den Plan. Das Dach geöffnet, verworfene Ziegel, die Wand an einer Stelle zerbrochen; die Schränke durchwühlt. Ich gehe hinein und keine Wut, noch Sorge packt mich. Sehe das Übel und greife eine Nessel und setze sie dem Angreifer vor seine Tür. Dann räume ich leicht das Chaos, nach meinem ehrlichen Befinden, so wie es der Ausgleich in dieser Zeit will.

Nach getaner Arbeit sitze ich neben einem kleinen Schwarm müde gewordenen Bienen am Glasfenster, und höre den Vögeln des Morgens zu.

Jetzt ist es schön.

XLVIII.

Das Eine schwingt in mir.

Und wenn ES schwingt, so habe ich keine Not-
wendigkeit in mir etwas da - oder dorthin zu set-
zen, zu stellen, zu verstellen.

Das Eine schwingt in mir.

Du - meine Geliebte tanzt mit mir.
Du - meine Liebe gibst und nimmst den Schritt.
Du - meine Geliebte bist das Meer,

                              das Medium,

                                    der Klang

mit welchem ich überall die unendliche,
die Einung - erlebe.

Mit Dir wird das Plasmatische, die plasmatische
Gestalt erfahrbar und existent.

XLIX.

Die unendliche Weite eines Nichtwissens und des nur in den allerersten Anfängen Begreifens — dieses Wissen bildet den Raum unseres Staunens und Offenhaltens.

Was bedeutet dies für unsere Gemeinschaft? Wie leben wir? Zentral ist das Alleinsein. Jetzt akzeptiert, jetzt klar. Endlich.

Ich sitze im Wald in meinem Häuschen. Kräftig singen die Vögel durch die Kühle nach nächtlichem Regen. Entfernter im Wald ein Kauz. Bienen summen, Autogeräusch von ferner. Alles ist da. Bin im Lot-Sein. Wohin greifen? Was wollen? Was tun? Schwer schwingt das Pendel in mir. Seiner Lotbewegung folge ich.

Du hast mir die Grenzen der Öffnung gezeigt. Du hast mich auf die Schwingung der Mitte verwiesen.

Der Weg unserer Liebe ist offen —.

LX.

Nein - diese Arbeit am Du-gerichteten Wort ist nicht ohne Wirkung. Da ist kein gestürzter Pfeiler, da ist keine Feuerwand; aber es ist ein Gewebe entstanden, welches immer stärker um stärker trägt, wunderlich trägt. Der Mut steigt mit einem allmählich stärker werdenden Raum erhebenden Atems.

LXI.

Die gemeinsame Zeit des Offenseins in seiner tiefen Radikalität ging vorüber. Schuldzuweisungen eines Nichtdableibens und Nichtdurchtragens verhießener personaler Liebe verhallten ohne Antwort.

Wir waren uns Öffnende und Impulsierende auf dem Weg zur Treue gewissem All-Du zu. Doch unsere gemeinsame Zeit näherte sich dem Ende.

Was blieb war die Gewissheit, das mit der Absolutheit des Weges die Täler und die Höhen wechseln und die Dunkelheit... — und doch und im zutiefst All-Einigen schließlich ein tragendes Licht erscheint und ist.

Mit der Gewissheit des Überleuchtens ist die weitere Ebene beschritten; und das verheißene Lande-Weiß ist als Ort der Sehnsucht in das Hiersein, zur bestimmten und gleichnishaften Blüte gesetzt.

LXII.

Entfaltetes und eingefaltetes Sein. In der Entfaltung die Annehmlichkeiten und entstehende Verwüstungen — sie gehen Hand in Hand. In der Eingefaltetheit summt dein Lied noch stumm.

Und nun sind wir Tänzerinnen und Tänzer im Gleichstand innerster Heimkehr, in all den Wüsteneien der Vernunft, die Schönheit zu ertanzen.

Auf den Straßen wächst in diesen Tagen die Verzweiflung, doch als Träger harmonikaler Welt leben wir friedfertig in all die liebgelösten Ebenen — hinein. Still, wirksam im lautesten Protest.

Schönheit und Liebe retten diese Welt und weisen weit über sie hinaus.

Allein mit dieser deinen gewissen Haltung—

Leben!

Epilog

Unendlich vielstimmig und reich wurde das Wort des Tristan im Weben des Findens und Suchens nach dem allliebenden Du.
Diese entstehende Fülle lies mit der Zeit eine erneute Gemeinschaftlichkeit entstehen, die dem Gesetz des Fließens und dem Gehör des Windes wirklich zu entsprechen suchte...